LA GRAN AVENTURA DE NEBO

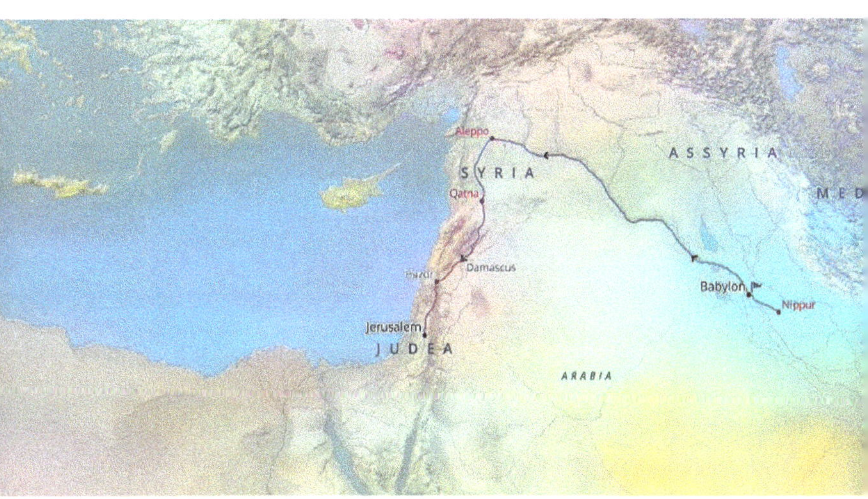

Luisette Kraal

CONTENIDO

DEDICATORIA

Este libro está dedicado al Instituto Bíblico Moody. Le agradezco a mis profesores, el Dr. J. Coakley y el Dr. J. Wong Loi Sing, por enseñarme la ciencia de la hermenéutica, el arte de la investigación y el gozo del Antiguo Testamento.

También le mando un enorme agradecimiento a mi querido esposo Ed, a mi hija Jo-Hanna.

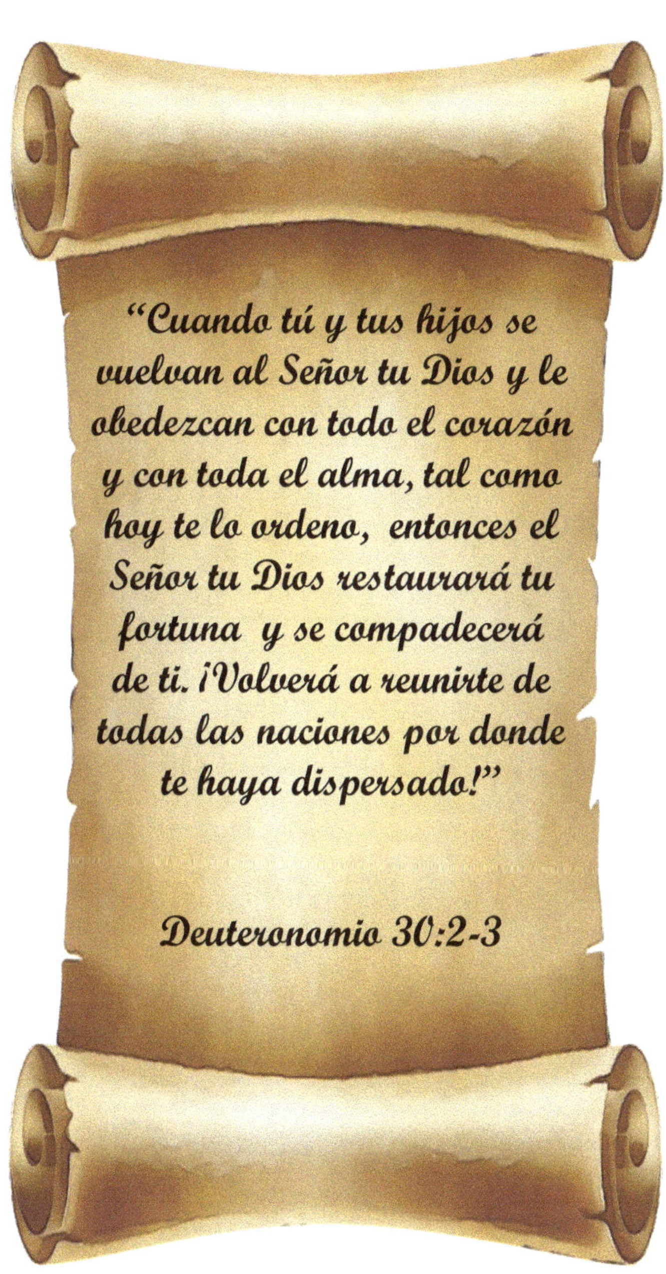
"Cuando tú y tus hijos se vuelvan al Señor tu Dios y le obedezcan con todo el corazón y con toda el alma, tal como hoy te lo ordeno, entonces el Señor tu Dios restaurará tu fortuna y se compadecerá de ti. ¡Volverá a reunirte de todas las naciones por donde te haya dispersado!"

Deuteronomio 30:2-3

CAPÍTULO 1:
¡ A que no me atrapas!

Nebo tenía el pelo como un resorte negro y una energía que no se acababa nunca. Se trepó a una roca gigante, estiró los brazos y gritó: ¡Soy invisible! ¡Nadie me ve!

¡Zas! Saltó de la piedra justo frente a Zacai, su mejor amigo.

Zacai era más bajito, fuerte como un tronco y siempre andaba con la cara brillante de tanto sudar, pero eso no le importaba. Su única misión era alcanzar a Nebo.

¡Te tengo! gritó Zacai, corriendo detrás de él. ¡Soy un guerrero filisteo y nadie me gana!

Nebo soltó una carcajada y aceleró: ¡Pues yo soy judío y Dios es mi entrenador personal! ¡Voy a ganar!

Corrieron tanto que las piernas les temblaban. Al final, Nebo llegó primero, dejando a Zacai sin aliento.

Un rato después, los dos estaban tirados en el piso de la cocina, agotados pero felices. Parecían dos tomates rojos bebiendo leche fresquita.

Estuvo… genial, alcanzó a decir Zacai entre tragos de leche, secándose la frente con la manga.

Ima, la mamá de Nebo, entró a la cocina muerta de risa y le despeinó los rulos a su hijo. Parece que Nebo te dio un entrenamiento olímpico hoy, ¿verdad, Zacai?

Zacai se rió, recuperando el aliento. Esta vez ganó él, pero mañana… ¡mañana le gano yo!

Ima se rió mientras los veía recuperar el aliento. Ella miró a Zacai y le preguntó si no tenía que ayudar a su papá con los deberes.

"¡Ya terminé todo!" respondió Zacai, saltando como un resorte. "Hice mis tareas antes del recreo, pero mejor me voy ya, porque si llego tarde a cenar, ¡me quedo sin postre! Nos vemos mañana, Nebo. Mañana te gano en la guerra de soldados."

Nebo iba a decir que sí, pero su mamá lo interrumpió con una sonrisa. "Lo siento, Zacai, pero mañana Nebo se retira de las batallas. Empiezan sus clases de hebreo y de la Torá. Ya está creciendo y necesita aprender las reglas de Dios. ¿Por qué no vienes tú también? El maestro Azarías es genial."

"¡Le voy a rogar a mi papá!" gritó Zacai mientras salía disparado hacia su casa, que quedaba en la misma calle.

Nebo y Zacai eran inseparables. Tenían ocho años y su vida era una competencia constante: quién tiraba la piedra más lejos, quién se escondía mejor o quién era el soldado más valiente. Pero ahora Nebo iba a cumplir nueve, y su papá, Abi, quería que se pusiera serio con la Torá. Para todo el mundo en Babilonia, el papá de Nebo era un sacerdote importante, pero para Nebo, él era simplemente su Abba, su héroe.

Al día siguiente, Nebo estaba saltando de la emoción. "¡Ima! Si aprendo rápido con el maestro Azarías, ¡mi papá me dejará sentarme en las charlas de los hombres grandes!" decía mientras intentaba convencer a su mamá de que le diera otra taza de leche dulce.

Pero la emoción se desinfló como un globo cuando vio a Zacai. Las noticias eran malas.

"Mi papá dice que no," contó Zacai, sentándose con la espalda contra la roca. "Quiere que aprenda arameo, el idioma de aquí. Dice que si voy a manejar su negocio en el palacio del Rey, necesito hablar como un babilónico profesional. Dice que el hebreo no sirve para vender cosas."

"¡Pero no es por diversión, Zacai!" protestó Nebo. "Somos judíos. Necesitamos hablar nuestro idioma y leer nuestra Biblia. Yo voy a ser sacerdote como mi papá, ¡tengo que saberme las leyes de memoria!"

Zacai se encogió de hombros, confundido. "¿De verdad seguimos siendo judíos? Yo nací aquí. Mi papá y mi abuelo también. Yo me siento de Babilonia, no de otro lado."

Nebo casi se cae de la roca del susto. Miró a todos lados para ver si alguien los espiaba y susurró con pánico. "¡Shhh! ¡No digas eso, Zacai! Somos judíos siempre. Estamos aquí porque hace mucho nuestros antepasados no escucharon a Dios, pero Él no nos ha olvidado. El maestro Azarías dice que pronto, ¡muy pronto, Dios nos dejará volver a casa. A Israel. Por eso tienes que estudiar conmigo!"

Zacai se quedó pensando un segundo, con la cabeza entre las manos, pero como buen niño de ocho años, se aburrió de estar serio. "¡El último que llegue al río es un huevo podrido!" gritó, saliendo a toda velocidad.

Corrieron hasta el río de Kibar.

"Este lugar es mucho más "*cool*" que la ciudad de Kish," dijo Nebo, saltando sobre las piedras. "Allá éramos pobres y vivíamos apretados. ¡Aquí tenemos todo este espacio para correr!"

"A mí me encanta Nippur," respondió Zacai. "Mi familia siempre ha trabajado en el palacio, así que siempre hemos tenido casa grande. ¡Y este río es el mejor!"

"Tienes suerte," dijo Nebo, poniéndose un poco más serio. "Mi familia trabaja súper duro en el campo para que todos tengan comida. No todos tienen la suerte de tu papá."

De repente, Nebo se acordó de algo importante. "¡Uy! Me tengo que ir volando.

Ayer llegó un mensajero. Hoy viene a la casa un invitado VIP: el hermano Zorobabel. Viene a hablar con mi papá sobre un nuevo decreto del Rey."

"¿VIP? ¿Es otro sacerdote aburrido?" preguntó Zacai.

"¡No! Trabaja para el Rey. Trae informaciones. Y espero que me dejen quedarme a escuchar. ¡Ya casi soy un hombre, sabes!" respondió Nebo con orgullo.

Los dos amigos corrieron a casa sin saber que, después de esa noche, sus vidas cambiarían para siempre.

CAPÍTULO 2
El Decreto

La madre de Nebo dijo: "Hijo, date prisa y lávate las manos. No puedes venir a la mesa sin haberte limpiado antes. ¿Quieres avergonzar a tu padre? ¿En estos tiempos difíciles? Quién sabe qué estará planeando el Rey."

Nebo se preguntó en silencio qué podría ser. ¿Sería algo bueno para los judíos?

¿O traerían leyes más severas?

"Aquí tienes", dijo Abi, quien le dio una palmadita en la espalda a su esposa Ima. "Creo que no será tan malo. Nos ha ido bien en este país. Nunca le damos problemas al Rey. Y pagamos impuestos. Así que no creo que tengamos problemas", comentó.

"¡Pues no lo sé!", dijo Ima con manos temblando. "Primero, entran en nuestro país y roban a la gente y los rebaños. Luego nos traen a esta tierra y nos hacen vivir y trabajar para ellos. No podemos regresar a nuestro propio país. ¿Cuándo podremos adorar a nuestro Dios en nuestro propio templo?".

"Solo necesitamos ser pacientes", dijo Abi. "¿Recuerdas que Jeremías profetizó que el Señor finalmente nos perdonaría y nos permitiría regresar? Quizás sea ese momento", agregó.

Nebo se emocionó al oír eso. "¿Crees eso, Abi?", le preguntó a su padre con los ojos muy abiertos. "¿Crees que regresemos?", preguntó.

"No lo sé, hijo"–dijo su padre mientras le alborotaba el cabello–"Pero no me sorprendería que así fuera. Llevamos mucho

tiempo orando para que esto sucediera. Sé lo que dijo Jeremías. ¿Recuerdas que te hice memorizar esto cuando tenías seis años?".

"Sí, Abi, lo sé", dijo Nebo, quien se irguió para recitar las palabras del profeta Jeremías.

¡Cambien de vida y dejen de hacer el mal!

Si cambian, podrán regresar a la tierra

que el Señor les dio a ustedes y a sus
antepasados

hace mucho tiempo.

Él les dio esta tierra para vivir en

ella para siempre. No sigan a otros dioses.

No les sirvan ni les adoren.

Eso solo me enoja.

Al hacer esto, solo se perjudican a sí mismos.

No adoren ídolos que alguien ha hecho.

Asi tampoco les tartaré mal.

(Jeremías 25:5-6)

Su padre sonreía de orgullo por su hijo.

Esa misma noche, llegó Zorobabel, cansado y cubierto de polvo por el largo viaje. Se lavó con agua antes de sentarse a comer. "Amigos, les traigo noticias del Rey", dijo. "El Rey ha promulgado un nuevo decreto. Me gustaría que viajaran conmigo a la ciudad de Babilonia. Hay mucho trabajo por hacer. ¿Pueden hacerlo?", preguntó el hermano Zorobabel.

Abi asintió lentamente. Luego se volvió hacia Nebo y le dijo: "Vete, Nebo, ve con tu madre mientras hablo con nuestro hermano Zorobabel".

"¡Pero, Abi!...", dijo Nebo, bajando la cabeza. "Esperaba… que… que… poder quedarme ahora… para… escuchar… ya que estoy sentado a los pies del maestro Azarías para aprender la Biblia. Ya casi soy un hombre", dijo con orgullo.

Abi sonrió. "Solo si logras quedarte quieto como un ratón", dijo. ¡Si te oigo respirar, irás a la cocina a ayudar a tu madre!", enfatizó.

"Me quedaré tan quieto… que hasta olvidarán que estoy en este rincón", dijo Nebo riendo, y se acurrucó en una esquina con unos pergaminos que usaba para escribir su texto hebreo. Planeaba tomar notas de la conversación para practicar el idioma.

Ima entró con las habituales delicias de leche dulce y galletas de dátiles que había preparado. Entonces el hermano Zorobabel les contó la noticia.

Nebo, emocionado por lo que oía, no pudo callarse más. De hecho, saltó, gritó y miró al hermano Zorobabel con la boca abierta.

Afortunadamente, Abi no se había dado cuenta de que Nebo estaba allí. Rápidamente, Nebo comenzó a escribir lo que escuchaba, quien también había notado la boca abierta de Abi.

"Hermano Zorobabel, ¿es cierto?", preguntó Abi mientras se retorcía la larga barba con los dedos, como hacía cuando se quedaba sin palabras. La noticia que trajo el hermano Zorobabel fue, sin duda, una gran sorpresa.

"El rey, sí, el propio rey, presentó un decreto en nombre del pueblo judío. ¡Son libres de regresar a su país!", afirmó el hermano Zorobabel. "Y eso no es todo. El rey ordenó dar al pueblo judío bolsas de oro y plata, ¡todo el dinero que necesitaran para reconstruir el templo! Además, el rey decidió devolver todos los preciosos cuencos, platos, adornos y ollas que fueron robados del templo en tiempos del anterior rey Nabucodonosor", agregó.

Todas estas noticias parecían demasiado buenas para ser verdad, pero eran ciertas. El hermano Zorobabel le mostró a Abi un pergamino y comenzó a leer la carta que el rey había escrito. Nebo la anotó palabra por palabra.

El Señor, Dios del cielo, me ha dado todos los reinos de la tierra. Me ha encomendado la tarea de construirle un templo en Jerusalén, que está en Judá. Cualquiera de ustedes, su pueblo, puede ir a Jerusalén, en Judá, para reconstruir este templo del Señor, Dios de Israel, que habita en Jerusalén. ¡Y que su Dios esté con ustedes! Dondequiera que se encuentre este remanente judío, que sus vecinos contribuyan a sus gastos, dándoles plata y oro, provisiones para el viaje y ganado, así como una ofrenda voluntaria para el templo de Dios en Jerusalén.

Esdras 1:1-4

Esa noche nadie durmió. Abi olvidó acostar a Nebo. Las dos hermanas de Nebo entraron en la sala para enterarse de la partida de su hermano Zorobabel. Todos se quedaron sin palabras. Inai, la hermana mayor de Nebo, lloró un poco. Le entristecía dejar el único país que había conocido. Tenía muchos amigos en esa ciudad.

La madre de Nebo se secaba los ojos y se reía al mismo tiempo. "Sabíamos que lo haría, pero ¿quién habría pensado que usaría a un rey? ¿Un rey de verdad? ¿Y... que nos devolvería todo nuestro oro? ¿No es maravilloso Adonai, nuestro Dios?", dijo.

Bilah, la otra hermana de Nebo, bailaba por la casa mientras cantaba: "Adonai es maravilloso, su amor por Israel perdura para siempre". Tanto Ima como Abi no pudieron contener la risa.

Nebo llenó silenciosamente el aceite de las lámparas al ver que se estaban agotando. Estaba cansado después de una larga noche de conversación.

Al día siguiente, la noticia se extendió por toda la ciudad y muchos acudieron al padre de Nebo para pedirle oraciones y consejos. Nebo permanecía callado, pues Abi lo dejaba en su rincón con sus pergaminos.

Nebo hizo una lista de todo lo que estaba sucediendo. Estaba muy orgulloso de sí mismo. Escribió los nombres de las personas que irían, cuántos hijos tenían, qué querían hacer en Judá, entre otras cosas. Cuando Zacai llegó, Nebo le mostró sus pergaminos privados y se los tradujo. Zacai también había oído la noticia. "Estoy seguro de que mi padre no quiere ir", dijo Zacai esa mañana mientras jugaban con las piedras en el río.

"No lo dices en serio", dijo Nebo con los ojos muy abiertos. "¡Adonai hizo esto por nosotros! Incluso usó a un rey y nos dio oro, plata y animales para traer de vuelta. ¿Cómo pueden querer quedarse?", preguntó impresionado.

"Mi padre dice que es una locura regresar. Es un sueño, dice. Jerusalén solo está en ruinas. No hay caminos, ni casas, ni tiendas, ni trabajo. ¿Qué vamos a hacer allí? ¿Construir un templo y adorar a Dios? ¿Y qué vamos a comer?", dijo su amigo.

"Mi padre dice que Adonai nos ha provisto aquí en Babilonia, así que deberíamos estar agradecidos por ello y disfrutarlo en lugar de correr tras el sueño de nuestros antepasados", comentó Zacai con seriedad, como si intentara convencer a Nebo, pero él se tapó los oídos con las manos porque no quería escucharlo más.

Nebo le dijo: "Nuestro Dios, Adonai, siempre es fiel. Aprendí en clase que Dios le habló al pueblo de Judá a través de hombres especiales llamados profetas. Estos profetas les dijeron a todos que hicieran lo correcto, pero la mayoría no escuchó. Por no hacerlo, Dios les quitó su protección. Por eso los babilonios pudieron venir y llevarnos a este país. Por eso ahora vivimos lejos de nuestro hogar".

Zacai negó con la cabeza. "Si Adonai hubiera querido que estuviéramos en Judá, nos habría protegido allí. ¡Dios nos quiere aquí! ¿No lo ves, Nebo? Dios simplemente usó a los babilonios para traernos aquí, donde tenemos casas grandes y bonitas. Comemos carne. En este lugar tenemos todo lo que necesitamos. ¿Para qué volver? Ya ni siquiera hablamos el idioma", agregó.

Nebo le suplicó a Zacai: "Zacai, abre los ojos y mira. Dios castigó a los babilonios por hacer eso con nuestros antepasados. ¡Mira dónde están ahora! Los persas los han conquistado; perdieron todo su poder y ahora el rey de los persas quiere ayudar al pueblo judío. ¡Y podemos regresar! ¿No ves la mano de Dios en este plan?".

"De verdad que no lo sé, Nebo", dijo Zacai, cabizbajo. "Solo te digo lo que dice mi padre. Dice que tu papa es sacerdote, ya es pobre, así que puede ir a Israel, pero mi padre es rico. Se empobrecerá si se va, así que no quiere. Creo que tú te irás y yo me quedaré aquí con mi papá", respondió.

Ese día, los mejores amigos se separaron sin las típicas risas y bromas. Cada uno se fue en silencio a su casa. 

Nebo se sentó en un rincón y escuchó a la gente hablar con su padre. Para su sorpresa, oyó a más personas con los mismos argumentos que Zacai, pero su padre les explicaba mucho mejor la Palabra de Dios. Animó a todos los hombres a tomar a sus familias y acompañar a Zorobabel a Israel.

La situación no solo era tensa entre Nebo y Zacai, sino también entre Ima y Abi. Nebo notó muy bien los ojos rojos y las mejillas hinchadas de Ima. Ella no le dijo nada a Nebo y él no quiso preguntar. Fue a la cocina dos veces esa tarde y fue muy amable con ella, ayudándola a buscar agua del río para lavar algunos pisos y apoyándola en el cobertizo. Ima no dijo mucho.

Más tarde, Bilah le explicó la situación a Nebo. "Es por el abuelo Saba que Ima está preocupada", dijo. "Es demasiado mayor para viajar e Ima no quiere dejarlo solo sin familia en Babilonia".

"¡Ay!... Me olvidé por completo de Saba. Y ha estado enfermo estos días. Tiene una tos

persistente y huesos débiles. No puede viajar así", dijo Nebo.

"Abi no quería ni oír hablar de quedarse por Saba y por eso Ima está triste", agregó Bilah.

Esa noche hablaron del problema en la mesa. Abi se estaba rizando la barba de nuevo y todos pudieron ver que no se sentía cómodo con lo que tenía que decir.

"Ima, sé que es duro, pero ¿cómo podemos desobedecer a Dios? ¿Cómo podemos quedarnos en este país solo porque tu padre es demasiado viejo para viajar? ¿Qué diría Adonai al respecto?", preguntó.

"¿No le dijo Adonai a Moisés en los Diez Mandamientos que honraras a tu padre y a tu madre? ¿Cómo sería honrarlos si me voy de este país y lo dejo morir? ¿Solo?", dijo Ima, suplicándole a Abi.

"¡Ima!", preguntó Nebo con los ojos muy abiertos. "¿Va a morir Saba?", cuestionó.

"No, Nebo, no morirá. Pero creo que todos deben ir a Jerusalén sin mí. Yo me quedaré y lo cuidaré, y cuando llegue su hora de estar con el Señor, encontraré transporte y los seguiré", dijo Ima.

Nebo se levantó de un salto de su posición reclinada. "¡Ima, no! ¡¿No podemos irnos sin ti?!", dijo Abi, en parte afirmación y en parte pregunta.

Bilah e Inai ya estaban llorando y Abi se rizó aún más la barba. Nadie podía comer. Tenían un verdadero dilema entre manos.

"Ima", dijo Abi con severidad. "No puedo dejarte atrás. ¿Quién te cuidará? ¿Dónde conseguirás comida? No ganaré dinero en Israel. Seré el sacerdote y conseguiremos comida del templo, pero si te dejo aquí, ¿quién te protegerá? Perteneces a tu familia, a tu esposo y a tus hijos. Vienes conmigo. Vamos a dormir y oraremos más sobre esto y veremos cómo Adonai nos ayuda, como siempre lo ha hecho. No nos vamos mañana, así que hay tiempo para orar", afirmó.

Al día siguiente, Nebo le contó a Zacai, con quien intercambió historias sobre lo que había estado sucediendo en sus hogares.

Zacai estaba muy distraído y los juegos de siempre no salieron bien. Finalmente, fue a

sentarse bajo un higuero y comió un poco. Nebo se sentó a su lado en una piedra. Al principio, nadie habló.

Entonces Zacai le dijo: "Le pedí a mi padre que me dejara usar parte de mi tiempo para aprender a escribir hebreo con el maestro Azarías. Me vendrá bien para mi educación saber más idiomas, sobre todo si muchos judíos regresan, porque ahora necesitarán documentos en hebreo".

"¡Ay, Zacai, qué buenas noticias! Ya verás. Cuando el maestro Azarías te explique la ley, todo tendrá mucho más sentido", dijo Nebo. Al día siguiente, Zacai, fiel a su palabra, fue a recoger a Nebo para que recibiera clases con Azarías.

Era un estudiante rápido, pues había aprendido mucho hebreo de Abi e Ima cuando iba de visita. Insistieron en hablar el idioma antiguo en casa. Azarías resultó ser un fantástico maestro de la ley. Podía recitar toda la Ley de Moisés y tenía respuestas para todas las preguntas de los niños curiosos. Su objetivo era qué ellos también aprendieran eso. Se convirtió en un muy buen amigo de Zacai y Nebo.

CAPÍTULO 3:
El nuevo jefe de la casa

Durante los meses de preparación para el gran viaje, Zorobabel visitó a Abi varias veces. Estaban organizando algo gigante: querían que la mayor cantidad de gente posible regresara a Jerusalén. Abi tuvo que irse con ellos a recorrer ciudades comerciales para avisar a todos sobre el decreto del Rey. Ese viaje iba a durar casi un año, y la familia de Nebo estaba muy triste por su partida.

Un lunes por la mañana, Nebo y Zacai acompañaron a Abi a la orilla del río Kebar. Nebo no soltaba a su papá mientras él subía sus cosas a una pequeña barca. "Ojalá pudiera ir contigo, Abi," repetía una y otra vez.

"Lo sé, hijo," dijo Abi. "A mí también me gustaría, pero tienes que terminar tus clases con el maestro Azarías. Además, ahora tienes una misión importante: cuidar a Ima y a tus hermanas. Eres el hombre de la casa. No lo olvides."

Nebo sintió que crecía diez centímetros de orgullo. "¿Oíste eso, Zacai?" le presumía a su amigo de camino a casa. "¡Soy el hombre de la casa!"

Desde ese día, Nebo se puso las pilas. Ayudaba a su mamá con todo: cargaba agua, cortaba leña y mantenía el fuego encendido. Zacai también demostró ser un gran amigo; ya no insistía en irse a jugar al río, sino que ayudaba a Nebo con los quehaceres y hasta inventaba juegos nuevos mientras trabajaban. Los dos tenían casi 11 años y ya se sentían como adultos.

El abuelo Saba se mudó con ellos, pero estaba muy mal. Se la pasaba en su estera tosiendo y respirando con dificultad. Nebo ayudó a Ima a prepararle un "cataplasma", una mezcla de harina y mostaza que le ponían en el pecho y la espalda para ayudarlo a respirar. Aunque Nebo trataba de darle sopa de lentejas, el abuelo apenas podía comer.

"Ima, necesitamos medicinas de verdad. El abuelo no mejora," dijo Nebo preocupado.

Ima se secó las lágrimas. "Tienes razón. Mañana iré al distrito financiero a pedir el dinero que Abi dejó para emergencias."

"Y quiero que vendas algo por mí," intervino el abuelo con voz ronca. "Nebo, busca en mi caja mis títulos de propiedad. Véndelo todo: mi tierra, mi casa... todo."

Ima se sorprendió. "¿Estás seguro, padre? Es todo lo que tienes aquí en Nippur."

El abuelo tosió con fuerza y respondió: "Ya no los necesito. Ese dinero servirá más en

Jerusalén."

A la mañana siguiente, Nebo acompañó a su mamá al centro de la ciudad. Era su primera vez en el distrito financiero y se sentía muy importante como "cabeza de familia". No podía dejar de señalar los edificios gigantes desde su burro.

En la oficina, un escriba tomó los papeles y anotó datos en un idioma extraño que Nebo no conocía (¡parecía cuneiforme!). Todo fue rapidísimo: les dieron monedas de oro y prometieron pagar el resto cuando Abi volviera.

Con el dinero, compraron medicinas y volvieron a casa. Esa tarde, unas vecinas fueron a visitar a Ima, pero la visita terminó mal.

"¿Qué pasó, Bilah? ¿Por qué mamá está molesta?" le preguntó Nebo a su hermana.

Bilah se tapó la boca para no reírse. "Esas señoras querían rezarle a su dios, En-lil, para que el abuelo Saba se curara. ¡Querían hacerle una ofrenda a su dios!"

"¿Y qué hizo el abuelo Saba?"

"Les dijo que prefería morirse antes que rezarle a un dios falso. ¡Se fueron indignadas!" contó Bilah entre risas.

Nebo también se rió. Sabía que mucha gente creía que En-lil era el padre de todos los dioses, pero él sabía la verdad gracias a sus clases. Juntos, la familia oró a Adonai y usaron la medicina nueva. ¡Funcionó! Dos semanas después, el abuelo Saba ya caminaba, y en tres meses estaba como nuevo.

Nebo estaba secretamente feliz de que el abuelo estuviera bien, porque así ya no tenía que hacer todo el trabajo pesado solo y podía volver a jugar con Zacai.

Una noche, mientras jugaban un juego de mesa que el abuelo había fabricado con piedras, salió el tema del viaje. Saba, que no sabía que Zacai se quedaba, le preguntó: "¿Ya estás listo para la gran aventura, jovencito?"

Se hizo un silencio total. Nebo e Ima trataron

de cambiar el tema ofreciendo galletas de dátiles, pero Zacai decidió ser valiente.

"No me voy, Saba. Mi papá quiere que nos quedemos aquí," dijo Zacai, mirando su plato de sopa.

"¡¿Qué?!" rugió el abuelo con voz de trueno. "¡Adonai quiere que volvamos! Es la Tierra Prometida. ¿Por qué alguien querría quedarse en este país?"

Zacai se sintió muy incómodo. "Pero Saba, tú tampoco deberías ir. Has estado muy enfermo y el viaje es peligroso y larguísimo."

Nebo contuvo el aliento. Nadie se había atrevido a decirle eso al abuelo.

"¡Claro que voy a regresar!" gritó Saba. "¡Prefiero morir en el camino de regreso que quedarme a morir en este lugar!"

CAPÍTULO 4:

El Gran Adiós

Zacai había cambiado muchísimo. Ahora ayudaba en todo, oraba a Adonai y le encantaba estudiar los rollos con el maestro Azarías. Le aterraba que su maestro y su mejor amigo se fueran y lo dejaran solo.

Pero un día llegó una noticia que lo cambió todo: ¡Azarías se quedaba! Los líderes le pidieron que se quedara en Babilonia para guiar a los judíos que no podían viajar. Para Zacai fue el mejor regalo del mundo, y Nebo, aunque lo iba a extrañar, se alegró por su amigo.

"Sigue estudiando duro," le dijo Nebo con una sonrisa. "Quizás tu papá cambie de opinión después de hablar con Azarías y puedas alcanzarnos. ¡Te esperaré en Jerusalén!"

Zacai prometió que haría lo imposible por encontrarse con él allá.

Finalmente, llegó el gran día. La plaza del pueblo estaba repleta. Era un día de sentimientos encontrados: alegría por el viaje, pero tristeza por la despedida. Los vecinos que se quedaban trajeron bolsas llenas de oro, plata y comida para ayudar a los que se iban.

Zacai caminaba con la cabeza baja. Se sentía muy solo viendo cómo casi toda su familia (primos, tíos y hasta su abuelo) cargaba sus cosas para irse. Nebo corrió a su lado para animarlo. "No estés triste, Zacai. Seguro pronto vendrás en otra caravana."

"Tienes razón," respondió Zacai, tratando de sonreír. "Vamos con tu familia, tengo unos regalos para ustedes."

El papá de Zacai abrazó fuerte a los padres de Nebo mientras Zacai repartía los obsequios. A Ima y a las hermanas de Nebo les dio brazaletes de oro preciosos. Pero para Nebo tenía algo especial: un rollo de la Ley escrito a mano por él mismo en hebreo. Además, llevó seis vacas, doce cabras y un montón de dulces de dátiles para el camino.

"Zacai, ¡esto es demasiado! ¿Tus papás están de acuerdo?" preguntó Abi sorprendido.

"Tenemos de sobra," respondió Zacai con una sonrisa. "Vayan en paz. ¡Shalom!"

Mientras ayudaba a Nebo a acomodar los animales, Ima apareció sin aliento. "¡Nebo! Busca a tu papá rápido. Los líderes necesitan que cuente el oro del Templo antes de salir. Tiene que ir al frente de la caravana."

Los dos amigos se abrieron paso entre la multitud hasta que encontraron a Abi en

medio de una discusión acalorada con un hombre llamado Hobaiah.

"Hobaiah, no puedo anotarte como sacerdote si no tienes cómo probarlo en los registros," decía Abi con calma pero con autoridad.

"¡Pero yo sé que soy sacerdote!" gritaba el hombre desesperado.

"No digo que mientas, pero las reglas son claras. El gobernador dice que por ahora no puedes comer de la porción de los sacerdotes. Cuando lleguemos a Jerusalén, le preguntaremos directamente a Dios usando el Urim y el Tumim," prometió Abi. Eso calmó un poco a Hobaiah.

"¡Qué *cool*!" le susurró Nebo a Zacai. "El Urim y el Tumim son como piezas sagradas que se usan para saber qué quiere Dios cuando nadie tiene la respuesta."

Cuando la discusión terminó, Nebo le dio el mensaje a su padre. Abi se despidió rápido y corrió al frente de la fila. En ese momento, el papá de Zacai llamó a Nebo.

"¡Nebo, ven! Tengo algo más para ti," dijo mientras le entregaba las riendas de un burro muy bien cargado con una manta hecha a mano.

"¿Otro regalo?" preguntó Nebo. "Ya tenemos muchos burros."

"Este es especial," dijo Zacai riendo. Abrió uno de los paquetes y Nebo vio montones de rollos de pergamino vacíos, arcilla para sellos y plumas para escribir. "Es para que te conviertas en el mejor escriba de la historia. Quiero que anotes cada detalle del viaje y de la construcción del Templo. Así, cuando nos veamos, será como si yo hubiera estado allí contigo."

Nebo estaba radiante. "¡Muchas gracias!" gritó, y le dio un abrazo de oso al papá de Zacai.

De repente, las trompetas sonaron y los cantantes alzaron la voz. ¡Era la señal! La caravana empezó a moverse lentamente. Familias, rebaños y burros cargados formaron una fila larguísima. Los jóvenes rodeaban a los animales para que no se perdieran ni se los robaran, mientras los ancianos iban montados cómodamente.

Los soldados del Rey, en sus caballos de patas largas, patrullaban los lados. Daban un poco de miedo, pero también hacían que todos se

sintieran protegidos. Mientras caminaban, los
cantores entonaban canciones de esperanza:

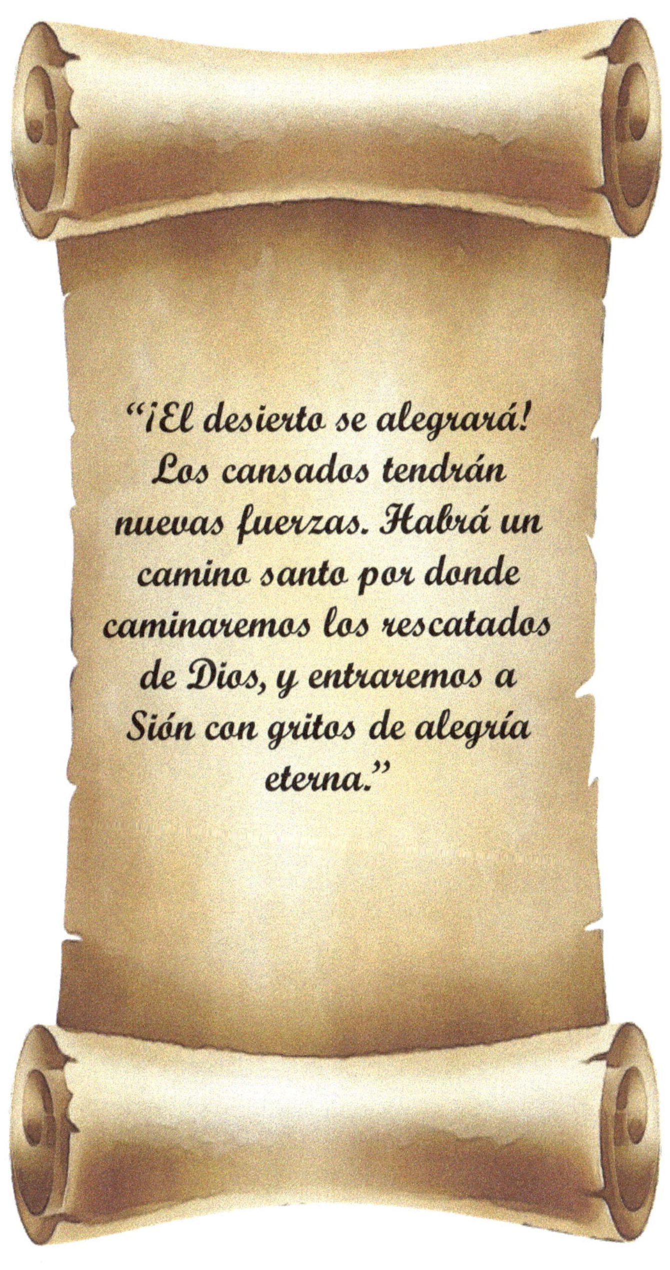
"¡El desierto se alegrará!
Los cansados tendrán
nuevas fuerzas. Habrá un
camino santo por donde
caminaremos los rescatados
de Dios, y entraremos a
Sión con gritos de alegría
eterna."

CAPÍTULO 5:
Kilómetros de Polvo y Amistad

Una nueva aventura había comenzado para Nebo. ¡Por fin estaba en el camino de regreso a casa! Se despidió de Zacai con la mano hasta que su amigo se volvió un puntito a lo lejos. Le ardían los ojos, pero él decía que era por el polvo del camino, no porque estuviera llorando (o al menos eso quería creer).

El primer día fue pura adrenalina. Todo el mundo reía, se daba palmaditas y cantaba alabanzas. Los niños corrían tres veces más rápido que los adultos y nadie se quejaba del cansancio. Siguieron la orilla del río, así

que siempre tenían agua fresca a la mano. Al caer el sol, armaron el campamento. Ima preparó un festín: pan recién horneado, sopa de albóndigas y un hummus de frijoles delicioso.

"Me urge sentarme," le dijo Nebo a su primo Bani mientras se revisaba los pies. "Siento que camino sobre bloques de arcilla."

"Vamos al río," propuso Bani. "El agua fresca nos va a resetear los pies."

Nebo no quería dar un paso más, pero el alivio del agua fría valió la pena. Se quedaron ahí un buen rato, haciendo planes para cuando por fin llegaran a Jerusalén.

A la mañana siguiente, el desayuno fue pan plano con hummus y unas rodajas de cebolla que le dieron un sabor increíble. Pero el segundo día ya no fue tan fácil. El sol pegaba fuerte y a Nebo le dolía la espalda por su

mochila. Al final, logró amarrar su carga al burro y sintió que flotaba.

Cuando pararon a descansar al mediodía, Nebo vio los pies de su hermana Bilah y se asustó: estaban rojos y llenos de ampollas. "¡Ay, hermana! Perdóname," dijo sintiéndose culpable por no haberse dado cuenta antes.

Buscó en su equipaje y sacó sus talit katanes viejos (unas túnicas interiores). Le pidió perdón a Dios en silencio por romper la ropa sagrada, pero sabía que ayudar a su hermana era más importante. Mojó los trozos de tela en el río, les puso un poco de aceite de oliva que le dio Ima y le vendó los pies a Bilah. Ella le regaló una sonrisa que le devolvió el alma al cuerpo.

Para ayudar más, Nebo volvió a cargarse su bolsa pesada y le cedió su espacio en el burro a su mamá y a su hermana. El polvo de la caravana era tan espeso que Nebo usó el resto de su ropa vieja para fabricar mascarillas para todos. Ya nadie corría; los niños estaban cansados y los adultos cojeaban un poco, pero nadie se rendía.

Esa noche, Nebo aprovechó para echarse un clavado en el río antes de que oscureciera. ¡Qué bien se sentía quitarse la costra de tierra de la piel! Luego se fue a pescar con otros chicos y regresó con dos pescados grandes para la cena.

Con el paso de los días, se volvieron expertos. Sus pies se endurecieron, las ampollas se volvieron callos protectores y el ritmo se volvió constante. Cuando la comida empezó a escasear, Dios les mandó "snacks" naturales: primero encontraron árboles llenos de granadas maduras y, una semana después, higueras cargadas de fruta.

El viernes pararon temprano para preparar el Sabbat. Nebo y Abi se fueron a pescar y terminaron jugando como niños. Nebo intentó empujar a su papá al agua, ¡pero Abi lo agarró de la túnica y los dos terminaron empapados y muertos de risa!

"¡Te atrapé!" gritó Abi. "Nunca intentes ser más listo que un sacerdote."

Esa noche, mientras comían pescado ahumado y tomaban una bebida caliente con miel, Abi leyó las Escrituras. El sábado fue un día de descanso total, adorando a Dios y recuperando fuerzas en las tiendas. Para la tercera semana, ya se sentían n ó m a d a s profesionales.

En la cuarta s e m a n a , pasaron dos cosas que nadie olvidará. Primero, una mujer embarazada tuvo que dar a luz de repente. ¡Fue una locura! Tuvieron que improvisar una camilla para cargarla casi todo el día mientras la caravana seguía avanzando.

Cuando el bebé ya no podía esperar más, acamparon temprano. Un grupo de mujeres se llevó a la futura mamá detrás de unos arbustos para ayudarla. Todos en el campamento esperaban en silencio, hasta que al día siguiente, salieron con una noticia maravillosa: ¡había nacido un niño!

La mamá salió con una sonrisa gigante cargando a su pequeño, al que llamó Ebenezer.

"Hasta aquí me ha ayudado el Señor," dijo ella feliz, mostrando al bebé a todo el mundo.

El papá no podía dejar de sonreír de orgullo. "Nació en pleno camino de regreso a nuestra Tierra Prometida. ¡Es un guerrero!"

Para celebrar y darle un respiro a la nueva familia, la caravana se quedó un día más en el campamento. Aprovecharon el tiempo como si fueran unas vacaciones: lavaron y secaron toda la ropa, hornearon galletas de dátiles y prepararon más pescado seco para el resto del viaje. Fue un momento de paz antes de seguir la ruta.

CAPÍTULO 6:
Ladrones en la noche

El segundo suceso inesperado ocurrió esa misma noche, mientras Nebo dormía profundamente. De repente, unos gritos y el sonido de gente corriendo lo despertaron de golpe. Cuando Nebo se sentó en su estera, Abi ya se estaba vistiendo a toda prisa. Nebo no lo pensó dos veces y lo siguió.

"¿Qué está pasando?" preguntó Abi, aunque estaba más concentrado en salir de la tienda que en responder.

Afuera, bajo la tenue luz de la luna, un grupo de hombres discutía alterado. "¡Tenemos que alcanzarlos!" gritaba uno. "Se llevaron mis burros. ¿Cómo voy a llevar a mi suegro a Jerusalén si no tenemos en qué cargarlo?"

Zorobabel y Jesúa llegaron rápido para organizar a la gente. Resulta que unos ladrones habían asaltado el campamento aprovechando la oscuridad. Por suerte, los objetos de valor no estaban sobre los animales esa noche, pero sin los burros y las vacas, el viaje sería un desastre. Además, habían dejado al soldado de guardia golpeado y amarrado entre los arbustos.

Abi reunió a los hombres para orar y decidieron ir tras los animales. "¡Abi, por favor, déjame ir!" suplicó Nebo, saltando de la emoción. "Sé seguir huellas, tengo buena vista y he ayudado mil veces en la granja. ¡Puedo ayudar!"

Al ver que otros padres también dejaban ir a sus hijos, Abi aceptó. Nebo corrió a avisarle a su mamá y pronto el grupo partió siguiendo el rastro que el soldado les indicó. Usaban antorchas empapadas en grasa, pero las mantenían pegadas al suelo para que los ladrones no vieran la luz a lo lejos.

"Caminen despacio y no hagan ruido," susurró Abi.

Después de dos horas de caminata silenciosa, un mugido desesperado rompió el silencio. Los hombres apagaron casi todas las antorchas y avanzaron encorvados. A Nebo el corazón le latía a mil por hora. Al llegar a un claro, vieron a seis hombres sentados alrededor de una fogata, riendo y bebiendo. Se veían rudos, con ropa sucia y el pelo grasiento recogido en coletas. No esperaban que nadie los siguiera.

Nebo vio que uno de los ladrones intentaba calmar a una vaca que no dejaba de pelear. "Esa vaca no se va a quedar quieta," pensó Nebo aguantándose la risa. "Tiene a su ternero en nuestro campamento. ¡No eres muy listo, ladrón!"

Los hombres de la caravana se acercaron de puntillas, pero al ver las espadas de los ladrones, les dio un poco de miedo. No estaban preparados para una pelea real. Abi hizo una señal para detenerse y todos empezaron a orar en silencio.

De repente, un sonido extrañísimo cortó el aire. Era como un trueno mezclado con un susurro misterioso que venía de todas partes. A Nebo se le erizó la piel. "Es el viento," les susurró a sus primos. "Adonai los está asustando."

El viento empezó a soplar cada vez más fuerte y los ladrones entraron en pánico total. Empezaron a chocar entre ellos mientras empacaban sus cosas a toda prisa. Nebo entendía su dialecto y escuchó a uno gritar: "¡Se los dije! ¡Su Dios nos está siguiendo! Dicen que ese Dios lo ve todo al mismo tiempo."

"¡Cállate!" gritó el líder. "¿Qué dios se va a preocupar por unos animales?"

Pero el viento silbaba tan fuerte entre los árboles que parecía que el bosque estaba vivo. De repente, los animales se soltaron y empezaron a correr. Un burro se plantó firme, clavó las patas en la tierra y soltó un rebuzno tan aterrador que los ladrones, muertos de miedo, salieron huyendo hacia la oscuridad sin mirar atrás, dejando todas sus pertenencias tiradas.

Abl y los hombres salieron de su escondite y recuperaron a todos los animales sin problemas. ¡Hasta el burro terco cooperó! Encendieron las antorchas y emprendieron el regreso.

Justo cuando los primeros rayos del sol salían por el horizonte, divisaron el campamento. La gente estalló en gritos de alegría. Las mujeres y los niños corrieron a recibirlos con abrazos, cantos y pan caliente. Habían pasado toda la noche orando, pero ahora todo era una fiesta.

Una gran celebración estalló en el campamento cuando vieron aparecer a los hombres con todos los animales. Las mujeres y los niños corrieron a recibirlos con gritos de alegría. Habían pasado toda la noche despiertos, orando y esperando noticias, pero ahora todo era felicidad. Para celebrar, trajeron pan recién horneado y una deliciosa pasta de higos para desayunar juntos bajo el sol de la mañana.

"Es hora de volver a casa," dijo Zorobabel, tomando el mando para guiar al grupo de regreso a sus tiendas.

Abi miró a su hijo con orgullo. "¿Estás bien, Nebo? Todavía nos falta un buen tramo."

Nebo asintió con la cabeza, aunque sentía las piernas pesadas. "Estoy muy cansado, pero puedo llegar caminando perfectamente," respondió con valentía.

Siguieron a Zorobabel en silencio mientras la oscuridad se terminaba de desvanecer. En ese momento de paz, Nebo recordó las promesas de Dios: cuando tú y tus hijos vuelvan al Señor y le obedezcan con todo el corazón y toda el alma, Él los bendecirá. Sabía que esa bendición los estaba acompañando en cada paso del camino.

CAPÍTULO 7:
Seguimos

El segundo mes de viaje fue una verdadera prueba. Tuvieron que escapar de dos intentos de robo más, y el cansancio empezó a pasar factura. Algunos se desanimaron tanto que los líderes tuvieron que darles charlas motivacionales (y a veces regaños) para que no perdieran la fe.

Todos estaban mucho más flacos. Los lujos como los dátiles y las granadas eran un recuerdo lejano; ahora la dieta era pan plano, sopa y cebolla. Pero lo peor estaba por venir.

Zorobabel convocó a una reunión urgente para dar el reporte del clima: "Se vienen curvas. Primero subiremos montañas y después... más montañas. Por primera vez, nos alejaremos del río. Eso significa que no habrá peces, ni agua fresca para bañarse. El agua va a valer oro, así que llenen todos sus cántaros y cuídenla como si fuera su vida."

La noticia cayó como un balde de agua fría. "Nos quedaremos aquí una semana para pescar y secar todo lo que podamos," ordenó Zorobabel. "Si alguien sabe cazar, ¡hágalo ahora! Necesitamos carne seca porque en las montañas y las llanuras no encontraremos nada."

Ima entró en modo supervivencia de inmediato. "¡Nebo, niñas, ayúdenme a revisar

las bolsas!" les dijo. Hicieron inventario rápido: tenían dos bolsas de grano, tres cestas de fruta seca (manzanas y ciruelas) y un frasco de ajo y cebollas.

"¡Bien! Y aquí queda un poco de miel y especias," señaló Ima un poco más aliviada.

Abi decidió sacrificar dos cabras para secar la carne. "Hay que tener extra," advirtió. "Algunas familias no tienen casi nada y vamos a tener que compartir."

Esa semana el ambiente estaba tenso. Hubo discusiones que terminaron en manos de los sacerdotes, lo que significaba que Abi estaba ocupadísimo dando consejos. Así que, por primera vez, Nebo era el único responsable de conseguir el pescado para toda su familia.

Nebo sentía un nudo en el estómago cuando

llegó al río. Pescar con su papá era divertido, pero hacerlo solo, sabiendo que de eso dependía que sus hermanas comieran, era otra cosa. Antes de lanzar el anzuelo, se escondió entre los arbustos y oró: "Ayúdame, Padre. Mi papá no puede estar aquí, pero necesito llevar comida a casa." Se secó un par de lágrimas y puso manos a la obra.

¡Y vaya que funcionó! En poco tiempo ya tenía doce peces, algunos tan grandes que ni cabían en la cesta. "¡Sí!" gritaba Nebo feliz. Durante los días siguientes, pescó tanto que llenó una vasija de barro entera con pescado seco. Los cazadores también compartieron carne con ellos e Ima preparó harina de yuca seca para hacer pan en los días difíciles.

Las noches eran intensas. Mientras el humo de las fogatas secaba la carne y el pescado, las familias se reunían para estudiar las leyes de Dios. Nebo hasta hizo un trato con sus primos: "¡Prohibido hablar arameo! Solo hebreo de ahora en adelante." Quería que todos estuvieran listos para su nueva vida.

Cuando llegó el día de desarmar el campamento, todos miraron el río con nostalgia. El agua les había dado vida durante meses, y ahora que se alejaban de su orilla, el miedo a lo desconocido les apretaba el corazón. Las montañas los esperaban.

CAPÍTULO 8
Agua

La caravana avanzó hacia la Tierra Prometida. Un día a la vez. Un día se convirtió en dos, luego en tres, y finalmente en una semana. Atravesar el terreno montañoso era difícil. Incluso los animales sufrieron. Después de cinco días, Zorobabel envió un mensaje al campamento diciendo que tomarían dos días para descansar. Algunos ancianos no podían continuar. Sin embargo, no había agua en las colinas y parte del grupo estaba ansioso por seguir adelante. Algunos propusieron formar dos grupos, uno para los caminantes rápidos y otro para los lentos. "¿Se atreven a alejarse de sus ancianos?", preguntó un anciano con voz acalorada. Otros estuvieron de acuerdo y se descartó la idea de dejar atrás a los lentos.

Los líderes decidieron que el grupo no tomaría días de descanso adicionales, sino que los ancianos serían llevados en los camillias improvisados. Así que el grupo siguió adelante.

"Ima" –dijo Nebo un día, preocupado– "Saqué la última agua esta mañana del tanque negro. ¿Qué vamos a hacer?"

"Lo sé, hijo", dijo Ima con la misma preocupación en el rostro. "Hoy les di de beber a los animales el último cántaro grande. Creo que tenemos suficiente agua para un día más y luego necesitamos rellenarla. Adonai proveerá. Seguro que no moriremos de sed", dijo Ima. Todos se rieron de la felicidad y eso rompió la tensión.

"Han llamado a Abi al frente de la caravana para las oraciones de esta mañana. Caminemos hasta allá y oremos con ellos", dijo Nebo y tomó a Bilah de la mano. Luego salió de su tienda y caminó rápidamente con sus hijos. Mucha gente ya estaba reunida en la plaza de oración. La palabra que todos decían era "agua". El agua era, sin duda, un tema candente.

Nebo, oró junto a otros jóvenes. Abi leyó la Palabra y los ancianos oraron también. La gente estaba de rodillas, clamando a Dios, pidiéndole que les proveyera. Finalmente, Zorobabel se dirigió al grupo y dijo: "Quiero que algunos jóvenes fuertes formen un grupo y vayan a las montañas a buscar una cascada o un río. Incluso un río pequeño servirá".

"¿Pero dónde encontraremos ese río?", preguntó un joven. Era evidente que no quería embarcarse en una tarea tan peligrosa.

"Creo que tienes que subir al punto más alto de esas montañas" –dijo Zorobabel, señalando una montaña alta– "Cuando estés allí arriba, mira a tu alrededor. Si ves algo verde en este país marrón, debe haber agua y tienes que encontrarla".

Nebo se rió. No había pensado en eso.

"Quiero ir", gritó.

"No puede ir, es solo un niño. Necesitamos

hombres que nos guíen en esta aventura", dijo otro.

"¿Es el hijo del predicador y no fue él quien recuperó nuestros animales cuando los ladrones se los robaron?", argumentó otro en nombre de Nebo. Otros comenzaron a discutir.

"¡Basta!" –dijo Zorobabel, frustrado– "Si el chico quiere irse, déjenlo ir. Necesitamos jóvenes con piernas ágiles y una mente entusiasta. Y buenos ojos".

Pronto se unieron más personas y Zorobabel nombró a Akki líder del grupo. Mientras aún era de día, se dirigieron rápidamente a la cima de la montaña que Zorobabel les había indicado. Mientras tanto, Zorobabel pidió a todos que revisaran sus reservas de agua y la compartieran con los familiares que no tuvieran suficiente para ese día.

Hicieron lo que se les dijo y todas las personas y los animales del campamento consiguieron suficiente agua antes de regresar a sus tiendas para orar y mantener viva la esperanza. Pasaría al menos medio día antes de que los jóvenes regresaran, así que Abi se sentó a la entrada de su tienda con la cabeza inclinada y el chal de oración sobre la cabeza.

No había pasado mucho tiempo cuando, para su sorpresa, oyeron fuertes ruidos y gritos provenientes de las montañas. El grupo de exploración ya regresaba. "¡Abi!" –gritó

Nebo mientras corría hacia su padre– "No necesitábamos subir tanto. Podíamos ver claramente un lugar muy verde no muy lejos de aquí. Zorobabel ha ordenado que desmontemos el campamento y caminemos hasta allí antes del anochecer".

Abi e Ima abrazaron a Nebo y, con manos ágiles, cargaron los animales y desmontaron el campamento. Todos estaban ansiosos por encontrar agua fresca.

Caminaron durante horas, pero justo antes de que oscureciera, llegaron al río. En realidad, era más bien un manantial que brotaba de una oscura formación rocosa. Zorobabel probó el agua primero y la declaró "¡Sí! Alabado sea Dios, nuestro Dios es bueno, sus promesas son para siempre", decía la gente mientras buscaban un lugar en la orilla del río para llenar sus tinajas. El agua nunca había sabido tan bien. Esa misma noche, los jóvenes aprovecharon para meterse en el agua para lavarse, y la mayoría del campamento hizo lo mismo a la mañana siguiente. El agua fresca era muy refrescante, tanto para el cuerpo como para el alma.

Nebo rellenó todas las tinajas para Ima y también dejó que los animales bebieran del agua fresca.

Pasaron todo el día siguiente acampando junto al río y nadie tenía ganas de abandonarlo, pero sabían que debían hacerlo. La parte más difícil de la travesía comenzaría ahora. Necesitaban cruzar las llanuras. Después de dos días, dejaron las rocas atrás de nuevo en terreno plano. Sin embargo, esta vez, sin río.

Zorobabel convocó una nueva reunión y explicó: "Las temperaturas en estas llanuras pueden subir muchísimo durante el día y las noches pueden ser muy frías. Sugiero que cambiemos nuestro horario de caminata. Levantémonos muy temprano y empecemos a caminar a las cuatro de la mañana hasta que haga demasiado calor. Luego acamparemos e intentaremos dormir.

Cuando refresque, continuaremos caminando por la noche hasta tarde. Así, escaparemos un poco del calor".

Eso fue exactamente lo que hizo la gente.

Nebo nunca había caminado por llanuras calurosas y le sorprendió lo plano y arenoso del terreno. De hecho, en una hora, la arena lo había penetrado todo.

"Abi, tengo arena entre los dientes y en los oídos", dijo Nebo molesto.

Abi usaba su manto de oración para evitar que la arena le entrara en los ojos y la nariz, pero el viento no ayudaba mucho, pues era caliente e incómodo. No refrescaba, sino que arrastraba la arena por todas las grietas y huecos de la gente y sus pertenencias. Los animales también estaban bastante molestos, pues no paraban de mover las orejas y la cola en un inútil intento de alejar el polvo.

El viaje por las llanuras fue, sin duda, más lento. El suministro de agua se agotó rápidamente, pero al quinto día de viaje, llegaron a la tierra de otro clan. Su ciudad estaba construida tras una formación de rocas, y era más fresca. Incluso, hallaron agua fresca de un río. Los judíos pidieron y recibieron permiso para rellenar sus tinajas de agua. Zorobabel quería pedir un descanso de tres días y a todos les gustó la idea, pero después de orar, Jesúa, el sumo sacerdote, decidió no hacerlo. Seguirían adelante el próximo día.

Sin embargo, algo terrible ocurrió esa noche: quizás por el cansancio, o quizás por la tranquilidad del país, pero los hombres que debían proteger los bienes no estaban tan alerta esa noche. Nadie había oído ni visto nada, pero para la incredulidad de todos, unos ladrones lograron robar muchos recipientes de comida seca e, incluso, algunas cabras. Ima lloraba. Todos sus peces habían desaparecido. Abi bajó la mirada y no dijo mucho. Se cubrió la cabeza con el chal de oración.

"No estoy seguro de que nos quede suficiente comida para el viaje", dijo Ima, y Nebo se sintió mal.

"Siempre podemos matar una vaca, Ima", dijo, intentando animarla.

"Los necesitamos para Jerusalén, hijo mío. Nos darán queso y la leche que necesitamos para beber. Recuerda que Jerusalén está vacía: no hay carreteras, ni tiendas, ni dónde comprar ni intercambiar nada. Lo único que

tendremos estará aquí con nosotros".

"Y necesitamos animales para sacrificar, hijo. Es la única manera que tenemos de pagar nuestras deudas pecaminosas con el Señor", dijo Abi.

Nebo bajó la mirada. Sabía todo esto; simplemente no había nada que pudiera decir ni hacer.

"¿Todavía tenemos verduras?", preguntó Bilah, e Ima revisó las bolsas. Encontró una cuantas de zanahorias, una bolsa de cebollas y un poco de ajo. Quedaban algunos

albaricoques secos e higos también, pero no mucho más. También había suficiente harina para pan plano. Nebo continuó ayudando a Ima a revisar las muchas bolsas y cajas de almacenamiento. De repente, se levantó de un salto, con una bolsa grande en la mano:

"¡Encontré nueces!", dijo. "¡Pistachos!", y todos rieron. Entonces, con una sonrisa burlona, Abi dijo: "Como jefe de familia, primero necesito probar estas nueces para asegurarme de que estén buenas antes de darles algunas al resto" , y extendió las manos. "Sí, claro", dijo Nebo, pero aun así le dio un puñado a su padre. Entonces Ima y sus hermanas también pidieron un poco, y con esta alegría, la familia se fue a dormir.

CAPÍTULO 9
Avanzando

Al día siguiente, lavaron toda su ropa y se bañaron en el río. Luego caminaron río arriba, donde recogieron agua fresca para el camino. Con esto, estaban listos para continuar el viaje.

Zorobabel habló con los líderes y les explicó la última parte del trayecto. Sería muy difícil, pero después de cruzar la última parte de las llanuras, ¡estarían en la Tierra Prometida!

Con Zorobabel a la cabeza, la caravana abandonó el verde y exuberante oasis y emprendió su largo viaje de regreso a casa.

A pesar del calor, el polvo y la falta de comida, siguió adelante. No había mucho que pudieran hacer contra las adversidades del lugar, así que seguían adelante con paso firme. Intentaban protegerse el rostro del sol y el polvo lo mejor posible. En la noche, se abrigaban durmiendo juntos y se turnaban para hacer guardia y proteger sus pertenencias.

Una mañana, Nebo observaba a Abi mientras anotaba el nuevo día. "¿Por qué anotas todos los días, Abi?", preguntó.

"Necesitamos saber cuándo salimos y cuándo llegamos, hijo", dijo Abi. "Y necesito saber cuándo es sábado. Debemos observar el sábado cuidadosamente. Por eso me aseguro de llevar la cuenta de los días". Nebo comprendió la importancia de esta tarea y admiró a su padre por su diligencia y responsabilidad.

Su viaje continuó, y los días se convirtieron en semanas y las semanas en meses. Pero

finalmente, el primer día del séptimo mes, justo cuando rodearon una formación de rocas significativa, un estruendo de emoción

recorrió la caravana. "¡Israel!", gritaba el pueblo. Niños y ancianos comenzaron a correr y saltar.

Nebo corrió hacia su padre: "Abi, ¿puedo ir al frente de la caravana para verlo?".

Riendo, Abi le dio permiso. Él también quería ir al frente, pero no pudo al notar que muchos jefes de familia se dirigían hacia él buscando más información.

De repente, la caravana se detuvo y un mensajero se acercó a Abi, pidiéndole que fuera a una reunión con los ancianos que estaban al frente de la caravana, así que decidió ir con Nebo. Mientras, más gente se dirigía al frente de la caravana. Sin duda, esta reunión sería muy importante.

Zorobabel ya estaba allí, orando con algunos hombres. El Sol estaba fuerte y, por primera vez, Nebo pudo ver el comienzo de la civilización de Israel a lo lejos.

"Pronto llegaremos al río Jordán", dijo Zorobabel en ese momento. "Lo seguiremos hasta llegar a Jericó y luego cruzaremos. Si cruzamos demasiado pronto, estaremos en territorio samaritano y no queremos eso. Nunca han mantenido una religión pura y no

quiero que nos manchemos todos justo antes de entrar en Jerusalén". Todos estuvieron de acuerdo.

Así que decidieron caminar unas horas más ese día e intentar llegar al río Jordán al anochecer. Una vez allí, buscarían agua para lavarse y purificarse antes de entrar en Tierra Santa.

Pronto la caravana volvió a marchar. Los cantores entonaban melodías de alabanza y el grupo avanzó a toda velocidad. Nadie se quejó ni discutió ese día y se mantuvieron concentrados. Ya había anochecido cuando llegaron a la orilla del río y, con antorchas encendidas para iluminar el camino, acamparon.

CAPÍTULO 10:
Cruzando hacia la Tierra Prometida

Se despertaron temprano a la mañana siguiente y caminaron por la orilla, mirando a su alrededor. El río estaba crecido y rugía. Nebo lo observó con ojos abiertos. Este no se parecía en nada al que tenían en casa. Tomó la mano de su padre y levantó la vista con los ojos muy abiertos: "No hay manera de que podamos llegar al otro lado, Abi, ¿y qué hay de Saba y los animales? No saben nadar".

Abi asintió. "Parece imposible", dijo mientras se retorcía la barba. "Pero nosotros, los judíos, tenemos una larga historia de separación de aguas para que la gente pudiera cruzar. Por eso es importante que confiemos en el Señor y oremos al respecto" afirmó.

"¿Te refieres a cuando se abrió el Mar Rojo, Abi?", preguntó Nebo, y Abi asintió. "Pero Moisés estaba allí cuando eso sucedió, y ahora no lo tenemos con nosotros", replicó el joven.

"No, no tenemos a Moisés, pero seguimos teniendo el mismo Dios", dijo Abi con convicción. "Dios es nuestro héroe, Él abrirá un camino. Solo necesitamos confiar. Y... quizás deberías dejar de mirar el río", bromeó al ver que Nebo miraba con miedo el río crecido.

Más tarde esa mañana, Jesúa proclamó un día de ayuno y oración, y todos obedecieron. Limpiaron todo lo que tenían y también se lavaron ceremonialmente. Por la noche, confesaron sus pecados al sacerdote y ofrecieron algunos animales como sacrificio. Todo salió bien.

Al día siguiente, el río creció aún más que el día anterior y mucha gente acudió a Abi preguntando qué debía hacerse. Algunos se quejaron abiertamente. Jesúa declaró otro día de ayuno y sacrificios, y los quejosos tuvieron que presentarse ante los líderes.

Jesúa habló con todo el grupo: "Hermanos y hermanas, por favor, no se quejen. Usen su tiempo sabiamente. Oren a Dios y pídanle que calme el río para que podamos cruzar. Quiero que todos ofrezcamos sacrificios, confesemos nuestras quejas y le pidamos a Dios una manera de cruzar. Necesitamos confiar en que Dios lo hará por nosotros". Esa noche, la gente estaba en paz. Las quejas cesaron y los hombres se sentaron en silencio con chales de oración sobre sus cabezas.

Abi caminó entre la gente y los animó a todos. Algunos chicos fueron a pescar y, por primera vez en muchos días, pudieron oler el pescado friéndose sobre brasas. Todo estaba bien en el campamento.

Estos dos tipos de peces viven en el río Jordán.
Estos son los peces que estaban comiendo.

Nebo se despertó temprano a la mañana siguiente y se dio cuenta de que un ruido familiar que había oído durante los últimos días había desaparecido. No sabía qué era, así que salió de la tienda en busca de Abi, a quien encontró de pie afuera con las manos extendidas en el aire.

"Buenos días, Abi. ¿Qué pasa?", preguntó.

"Escucha" –dijo Abi– "¿Oyes eso?". "No oigo nada", dijo Nebo.

"¡Exactamente!" –dijo Abi– "No oigo el río. Vamos a ver".

Rápidamente se movieron entre las muchas tiendas y cruzaron entre los árboles. Normalmente, el ruido del río ya habría sido fuerte, pero un silencio que daba miedo. Estaba en el aire.

Nebo llegó primero a la orilla y no podía creer lo que veía. El creciente río del día anterior se había reducido a un hilo de agua. ¡Incluso los ancianos podrían cruzarlo!

"¡Oh, Abi!" –gritó Nebo– "¡Dios lo hizo por nosotros! Ahora podemos cruzar. Dios es bueno. Escuchó nuestras oraciones".

Abi se secaba los ojos y alababa a Dios al mismo tiempo. Inmediatamente fueron a despertar al resto del campamento y se hicieron los preparativos para las oraciones

matutinas de agradecimiento y un desayuno rápido. Entonces llegó el momento de comenzar el cruce.

No fue fácil cruzar el río con tanta gente y animales, y se necesitaron muchas horas y mucha ayuda. Nebo se unió a los hombres y jóvenes fuertes mientras formaban dos filas, formando un camino en el medio. Mientras la gente caminaba entre las dos murallas humanas, cada hombre dentro de esta extendió la mano para ayudar a los que pasaban. Para mantener sus pertenencias secas, se pasaban bolsas y vasijas de mano en mano para llegar a la otra orilla.

Cuando el último estuvo a salvo junto a la Tierra Santa, los hombres y los niños lo siguieron. El grupo tardó todo el día en cruzar el río con todas sus pertenencias y animales, pero llegaron justo a tiempo para acampar y asistir a la oración de la tarde. Jesúa proclamó un ayuno de acción de gracias para el día siguiente y una larga lectura de los pergaminos. Fue una tarde alegre.

Luego, aunque ya estaba oscuro, nadie quería ir a sus tiendas, así que se quedaron despiertos, aplaudiendo y cantando alabanzas hasta tarde.

Al día siguiente, adoraron al Señor todo el día, leyeron las Escrituras y ofrecieron sacrificios de nuevo.

Ya era bastante tarde cuando Abi llegó a caminar con Nebo. Estaba casi oscuro, pero juntos treparon a una roca y se quedaron allí, mirando a lo lejos. Abi llevaba una bolsa consigo.

"Mañana iremos a nuestro nuevo país, hijo"–dijo Abi–"Está demasiado oscuro para ver nada, pero te prometo que este es un país glorioso. Nuestro Dios nos lo dio y prosperaremos aquí. ¿Recuerdas las palabras de la ley que te hice memorizar?".

"Sí, Abi", dijo Nebo, y se irguió para recitar las palabras:

> *"Cuando tú y tus hijos se vuelvan*
> *al Señor tu Dios y le obedezcan con*
> *todo tu corazón y con toda tu alma*
> *conforme a todo lo que yo te mando*
> *hoy, entonces el Señor tu Dios hará que*
> *vuelvas a estar en tu cautiverio, tendrá*
> *compasión de ti y te reunirá de nuevo*
> *de entre todas las naciones adonde te*
> *dispersó".*

Abi le dio una palmada en el hombro.

"Así se hace, hijo. Guarda todas las palabras de Dios en tu corazón y vívelas. ¿Recuerdas también lo que Dios hará cuando le obedezcas?", comentó el sacerdote.

Expectante, miró a Nebo a los ojos, quien comprendió que esto era muy importante para Abi. Era como una prueba de todo lo que su padre le había enseñado en el camino a la nueva tierra. Sonrió lentamente, se irguió y dijo: "El Señor tu Dios circuncidará tu corazón y el corazón de tus descendientes, para que lo ames con todo tu corazón y con toda tu alma, y vivas".

Abi, visiblemente emocionado, abrazó a Nebo.

"¡Eso es, hijo! Estás listo para el nuevo país. Estás listo para servir a Dios en esta nueva tierra que Dios nos dio, Jerusalén, nuestra Tierra Prometida", exclamó.

Abi abrió su mochila y sacó sus colchoneta. "Dormiremos aquí esta noche" –dijo el sacerdote– "Así podremos ver Jerusalén desde aquí por la mañana". Extendieron sus colchonetas y durmieron bajo el cielo despejado de su nueva tierra. Padre e hijo. Listos para una nueva aventura.

A la mañana siguiente se levantaron muy temprano, mientras aún estaba oscuro. Oraron juntos mientras esperaban que el sol saliera por el horizonte e iluminara el cielo pálido. Cuando finalmente salió, Abi señaló las altas montañas, erguidas e imponentes, a lo lejos. "¡Hijo, mira hacia arriba!", gritó Abi, abrumado por la emoción. "¡Allí está Jerusalén, nuestra ciudad! ¡Lo logramos, estamos en casa!", exclamó con gozo.

Nebo miró a Jerusalén, en lo alto de las montañas, y una bonita sensación le inundó el corazón. Irradiando orgullo y emoción, le dijo a su padre: "¡Lo logramos, Abi! Estamos en la Tierra Prometida".